LE DÉSERT

DANS PARIS.

DE L'IMPRIMERIE D'A BERAUD,
Rue du Foin-Saint-Jacques, n° 9.

LE DÉSERT

DANS PARIS;

PAR

MADAME MARIE D'HEURES,

Auteur de Jane Shore, et d'Adieu suivi de Trois
Époques de la vie d'un jeune homme.

SECONDE ÉDITION.

PARIS,

CHEZ POLLET, LIBRAIRE,

RUE DU TEMPLE, Nº 36, VIS-A-VIS CELLE CHAPON.

1824

LE

DÉSERT DANS PARIS.

NOUVELLE.

———— ∞ ————

« QUELLE injustice ! exiger
» ma démission !.... renvoyer
» un homme comme moi après
» tant de services rendus à la pa-
» trie !.... Voilà donc la recon-
» naissance ! Ma démission !
» C'est affreux ».

Le vieux major Dervilliers se
promenait dans son salon, en
répétant ces exclamations, qui

1

annonçaient son chagrin de devenir inutile. Cependant, sa démarche inégale et pénible, ses cheveux blancs, ses cicatrices et l'immobilité de son bras gauche, pendant qu'il gesticulait vivement avec le droit, montraient assez combien ce brave militaire avait besoin de repos.

— « Mais, mon ami, dit
» avec douceur madame Dervilliers, la lettre du ministre
» est conçue dans les termes les
» plus honorables : on y joint
» le brevet de la croix de Saint-

» Louis. La paix dont nous jouis-
» sons doit vous ôter tout re-
» gret. N'est-il donc pas temps
» de vous reposer, de vivre
» un peu pour vous-même au
» sein d'une famille qui vous
» chérit tendrement ? N'ai-je
» donc pas assez long-temps,
» assez souvent tremblé pour vos
» jours ?..... »

— « Tremblé ! madame Der-
» villiers, s'écria le major ! je
» ne pensais pas que j'eusse en-
» core ce reproche à vous faire !
» Tremblé quand je combat-
» tais pour ma patrie !.... Votre

*

» plus beau titre de gloire n'est-
» il pas d'être la femme d'un
» brave guerrier?

» Si j'avais vieilli près de
» vous dans un inutile repos,
» auriez-vous si souvent enten-
» du dire autour de vous : « Est-
» ce que cette dame est l'épouse
» du major Dervilliers?...» Vo-
» tre orgueil n'était-il pas satis-
» fait de la considération que ce
» nom honoré attirait sur vous?
» Ce n'est pas que je veuille
» dire que vous n'en eussiez pu
» inspirer par vous-même ; mais
» les qualités qui font le bon-

» heur domestique servent fort
» peu à la renommée.

» Ce qui nuit à ma réputa-
» tion, c'est que j'existe : si j'a-
» vais eu l'honneur d'être tué
» dans une affaire d'éclat, vous
» seriez aussi heureuse que ma
» nièce. Voyez : partout où elle
» se trouve, tous les regards se
» portent sur elle ; et tous ceux
» qui la rencontrent se disent les
» uns aux autres : C'est la veuve
» de ce brave Lostanges...... »

— « Hélas ! mon ami, reprit
» madame Dervilliers, notre
» bonne Marie se serait bien

» passée de cette illustration ; et,
» quant à moi, dussiez-vous
» m'en vouloir, je vous avoue
» que les honneurs et les ré-
» compenses, accordées à vos
» actions brillantes, ne me
» touchent que parce que vos
» jours ont été respectés. »

— « Ah ! puissent-ils l'être
» long-temps encore, mon cher
» oncle, dit madame de Los-
» tanges ; laissez-nous goûter le
» bonheur de les voir assurés
» désormais contre l'affreux dé-
» mon de la guerre. Ma tante
» ne connaîtra plus, grâce à

» cette bienheureuse démission,
» les tourmens que l'on éprouve
» en attendant une bataille :
» situation affreuse, où l'on ne
» se livre à la douce confiance
» de voir ses craintes anéanties,
» que pour retomber dans de
» nouvelles inquiétudes; et sou-
» vent l'être qu'on aime n'est
» plus, au moment où l'on croit
» sa vie le plus en sûreté ».

A ce triste souvenir du malheur qui l'avait accablée, madame de Lostanges baissa la
tête. Quelques larmes tombè-
rent sur ses joues. Sa petite

Anaïs se précipita entre ses bras : dans ce mouvement les yeux de la jeune veuve ont rencontré ceux d'Eugène de Saint-Albe; ils sont animés par le sentiment d'un tendre intérêt, à travers lequel perce une timide expression de reproches; mais ils sont si passionnés que Marie rougit : le sourire de l'amour maternel vient effacer les pleurs donnés à la mort prématurée d'un époux digne de regrets, et un regard affectueux ramène la sérénité sur le front d'Eugène.

Madame Dervilliers avait pris la main de son mari et la pressait avec tendresse. Le major avait éprouvé un instant d'émotion ; mais, ne voulant pas laisser croire que les liens de famille pussent l'emporter dans son cœur sur ses devoirs envers sa patrie, il recommença ses plaintes amères.

D'autant plus furieux qu'il avait été attendri, ce qui lui semblait une faiblesse, il s'écria que l'on agissait envers lui d'une manière révoltante.

— « Pouvez - vous attendre

» des hommes autre chose qu'in-
» justice et ingratitude », ajouta
M. de Léhon, homme de lettres d'un mérite assez distin-
gué ; mais qui , malheureux
dans le choix d'un sujet qu'il
avait traité, venait d'être, peu
de temps avant cette conversation , impitoyablement sif-
flé ? « Qui fait ou détruit les
» réputations ? qui dispense le
» blâme ou la gloire ? Le public !
» Eh ! bien fou qui souscrit à ses
» arrêts ! ils sont presque tou-
» jours le résultat de petites in-
» trigues, de passions plus pe-

» tites encore ; ils méconnais-
» sent, ils outragent le génie...
» Mais que m'importe ! n'ai-je
« pas renoncé pour jamais à
» écrire ? O ma chère Amélie !
» continua-t-il tout bas en se
» penchant vers sa jeune épouse,
» quelle palme décernée par la
» renommée pourrait valoir un
» de tes regards » ?

—— « Je voudrais, reprit avec
» véhémence le major, je vou-
» drais fuir à jamais toute so-
» ciété. Qu'y verrai-je à l'ave-
» nir ? Des jeunes gens, se
» croyant militaires parce qu'ils

» porteront une épaulette et
» qu'ils auront monté un beau
» cheval à la parade. Ils profa-
» neront le glorieux nom de sol-
» dat et riront du vieux officier
» réformé. Oui, je hais désor-
» mais un pays et un gouverne-
» ment assez ingrats pour re-
» pousser leurs défenseurs, les
» condamnant à l'inaction et à
» la retraite, en récompense
» de leurs services passés.....
» Je ne veux plus voir personne ;
» j'ai les hommes en horreur !
» Morbleu! je fuirai au fond
» d'une retraite inaccessible,

» dans un pays où je serai tout
» seul..... Que ne suis-je dans
» une île déserte » !

— « Ah ! que ne sommes-
» nous dans une île déserte , ré-
» péta à demi-voix M. de Saint-
» Albe , qui, pendant la diatri-
» be de M. Dervilliers , s'était
» glissé derrière le fauteuil de
» madame de Lostanges. Vous
» n'opposeriez plus à mes vœux
» les froides convenances , vos
» devoirs de veuve , vos préju-
» gés destructeurs de mon repos
» et de ma vie ! »

— « Eugène !.... » Marie ne

prononça que ce mot; mais son accent doux et mélancolique était irrésistible. Saint-Albe sentit que les obstacles qu'on lui opposait blessaient encore un autre cœur que le sien.

— « Oh! que ce serait joli » d'être dans une île déserte, » s'écria la petite Anaïs de Los- » tanges! j'aurais un beau per- » roquet et un grand parasol, » comme Robinson Crusoé..... » N'est-ce pas, Maman »?

— » Ma chère Amélie, dit » M. de Léhon à sa nouvelle » et charmante épouse, jugez

» combien avec vous je serais
» heureux dans une île déser-
» te !..... Occupés uniquement
» l'un de l'autre, plus d'affaires,
» plus d'études, plus d'absen-
» ce..... n'ayant plus de devoirs
» à remplir que ceux de te prou-
» ver ma tendresse.... »

La jeune mariée ne répondit
que par un regard ; mais il disait d'une manière bien expres-
sive que cette île déserte, ha-
bitée par l'amour et le bonheur, lui semblerait un lieu de
délices.

—» Eh bien, reprit madame

» Dervilliers en souriant, par-
» tons, embarquons-nous ; nous
» serons peut-être assez favori-
» sés de la Providence pour être
» jetés par un naufrage sur quel-
» que plage inconnue. »

— » Volontiers !.... partons !
» j'y consens.... Partons. » Tel
fut le cri général répété au même instant par tous les interlo-
cuteurs. La voix seule de Marie
ne se fit point entendre.

Il y avait encore, dans la salle
où se tenait cette conversation,
un personnage qui n'avait pas
ouvert la bouche jusqu'à ce mo-

ment. M. Duval, âgé de près de quarante-cinq ans, avait été tour-à-tour avocat, médecin, militaire, littérateur, diplomate, financier, philosophe, dévôt : il avait parcouru une partie de l'Europe, ne pouvant se plaire dans aucun état, ne pouvant se fixer dans aucun endroit. Une idée nouvelle le séduisait toujours et enflammait son imagination. Un projet extraordinaire se présente en ce moment à son esprit, il l'accueille avec transport ; et, se levant d'un air inspiré :

1*

» Messieurs, et vous aussi
» mesdames, dit-il, nous som-
» mes ici huit personnes, qui
» toutes, plus ou moins et par
» des motifs différens, éprou-
» vons le désir de fuir ce monde
» où nous ne trouvons plus d'at-
» traits. Est-il besoin d'exposer
» notre existence, nos fortunes,
» à l'inconstance des mers? So-
» litaires par notre volonté, sé-
» parés d'une société que nous
» repoussons et qui nous regret-
» tera, créons-nous un désert
» au milieu du monde civilisé,
» au sein même de ce Paris où

» l'on ne rencontre que des in-
» grats et des cœurs glacés.

» Cette charmante habitation
» où nous sommes en ce mo-
» ment peut devenir pour nous
» l'asyle du repos. Les jardins
» en sont déjà très-grands ; l'ac-
» quisition de quelques proprié-
» tés voisines peut les étendre
» encore : on fera exhausser les
» murs, de manière à ne plus
» apercevoir que le ciel et cette
» terre désormais consacrée au
» bonheur....

» Nous nous approvisionne-
» rons pour une année ; au bout

» de ce temps, nous recueille-
» rons ici tout ce qui nous sera
» nécessaire : nous aurons une
» constitution, des lois pater-
» nelles ; nous vivrons enfin pour
» l'amitié, les arts, l'amour, la
» nature. Le bruit de cette ville,
» où tant de passions se heur-
» tent, se croisent, pourra par-
» venir jusqu'à nous ; il ne nous
» troublera plus ; nous y devien-
» drons étrangers, indifférens.
» Le sage entend la tempête et
» demeure impassible.

    » Nous prononcerons le ser-
» ment solennel de rester dix

» ans hors de tout commerce
» avec les hommes.... Que dis-
» je? Ce serment est inutile!
» Qui de nous voudrait, après
» avoir connu les charmes de
» cette vie simple et pure, ren-
» trer dans le réceptacle de tous
» les vices, et respirer de nou-
» veau le souffle de la corrup-
» tion »?

— « Ce ne serait certes pas
» moi, s'écria le major ».

—« Ni moi, dit M. de Léhon ».

— « Ni moi, ni moi, s'em-
» pressèrent de répéter toutes
» les voix ».

— « Mon projet vous con-
» viendrait-il? reprit M. Du-
» val ? Sans espérer qu'il pût
» se réaliser jamais , je l'ai mûri
» longuement, et je le crois sa-
» gement conçu. » Cependant
cette idée venait de lui être ins-
pirée dans le moment même.
» Oui, je le vois, ajouta-t-il, il
» est adopté avec transport. Hâ-
» tons-nous donc de tout prépa-
» rer, et que le mois où nous al-
» lons entrer ne se termine pas
» sans que toute communica-
» tion soit rompue entre le mon-
» de et nous. »

— « Mais , dit madame de
» Lostanges, en nous exilant
» ainsi de ce monde que vous
» voulez fuir, nous nous privons
» de ses secours ; et si mon on-
» cle, si ma fille allaient être
» malades »?

— « Eh bien ! Madame, ne
» serai-je pas là », reprit Duval,
se souvenant qu'il avait été médecin, et un peu blessé d'une
objection qui montrait que l'enthousiasme général n'était pas
partagé par l'aimable veuve;
» d'ailleurs, dit-il ensuite, pour
» satisfaire votre inquiète solli-

» citude, il sera stipulé par nos
» lois, que chaque habitant de
» la colonie pourra, dans un cas
» grave, et du consentement
» général, s'absenter deux fois
» dans l'espace des dix ans, mais
» seulement pour douze heu-
» res..... Sommes-nous enfin
» décidés, s'écria-t-il »?

— « Il n'y a pas le moindre
» doute, répondit le major. Je
» jure de suivre exactement les
» lois de notre nouvelle colonie.
» Je jure haine éternelle à toute
» autre institution humaine,
» ainsi qu'à tout ce que j'aban-

» donne. Vivent les habitans
» du désert » !

— « En quelque lieu que je
» puisse être, si je suis avec
» vous, mon ami, je serai bien,
» ajouta madame Dervilliers,
» honneur donc au désert » !

— Enfin, Marie, je vivrai
» toujours auprès de vous, dit
» tendrement Eugène; vous ne
» pourrez plus me fuir : mon
» amour si pur, si brûlant, ne
» sera plus désormais condamné
» au silence »:

— « Mon bon ami Eugène
» jouera toute la journée avec

» moi au désert, répétait la gen-
» tille Anaïs, en sautant autour
» de sa mère ».

— « Que les heures passeront
» vite en nous occupant du bon-
» heur de nous aimer, de nous
» le dire », s'écriait Léhon ! et en
même temps il entourait de
son bras la taille svelte de sa
femme, et la pressait sur son
cœur .

— « Comme il sera agréable,
» dit Amélie, d'être ensemble
» dans cette grotte charmante,
» sur le bord de ce ruisseau, de
» cueillir ces fleurs si fraîches !..

» Tous les matins, mon cher
» Léhon, vous m'en donnerez
» un bouquet ».

— « L'hiver viendra, dit Ma-
» rie à voix basse, l'amour... »

—« Ah! Marie, n'achevez pas
» votre désespérante prophétie:
» grâce au moins, grâce pour
» cette flamme ardente et pure
» que vous avez allumée dans
» mon cœur! elle ne s'éteindra
» qu'avec ma vie ».

Madame de Lostanges secoua
la tête, et un sourire d'incré-
dulité parut sur ses lèvres.

— «Cruelle, injuste femme!

*

» Ah ! Marie, que vous êtes
» froidement raisonnable » !

— « Mon cher Eugène, que
» vous êtes follement exalté ! »

Cependant, ce bizarre projet,
après avoir été admiré, com-
menté, critiqué, discuté, fut
adopté sérieusement ; et, dès le
lendemain, on commença à
tout préparer pour le mettre à
exécution, sans que personne
changeât d'avis.

La maison du major, située
à l'extrémité d'un faubourg,
était voisine d'un terrain im-
mense que l'on acheta pour

agrandir le jardin. On éleva rapidement les murs ; et les approvisionnemens se firent. Plusieurs domestiques, les uns par attachement, les autres cédant à l'appât du gain, s'engagèrent par le même serment que leurs maîtres ; un notaire reçut des procurations ; des fonds furent déposés pour acquitter les impôts, et les émigrans de la société virent approcher avec joie le jour de l'entrée au désert.

Comme les greniers ne suffisaient pas, on fit construire des hangars pour renfermer les

provisions : M. Duval se char-
gea de ces détails et , à la suite ,
des approvisionnemens de l'année , on vit arriver à la maison
du major tout ce qu'il fallait
pour les semailles des années
suivantes.

Il n'oublia pas d'acheter aussi
des chevaux de fatigue, des
bœufs pour le labour ; la basse-
cour fut abondamment peuplée.
On convertit une tour du jardin en colombier ; deux grandes
pièces d'eau furent remplies de
poisson ; une garenne reçut des
lapins et quelques lièvres.

M. de Léhon s'était chargé de classer la bibliothèque du major, à laquelle chacun joignit ses livres, et que l'on compléta au nombre de six mille volumes. Un des domestiques était boulanger et pâtissier, un autre barbier-coiffeur. Trois des femmes de chambre savaient faire les robes; le valet de M. Duval était tailleur. On acheta des étoffes pour les dix ans : on s'attacha aussi un cordonnier.

Pendant que l'on préparait ainsi le désert, ses futurs habitans, fermes dans leur résolution, allaient dans les sociétés, les concerts, les spectacles, parlaient de politique, commentaient les journaux, étaient à l'affût des nouvelles, médisaient, calomniaient : le tout par amour de la solitude.

Chacun d'eux parlait d'une longue absence, d'un voyage qu'il allait entreprendre ; mais ils faisaient tous mystère de leurs intentions, et refusaient de s'expliquer plus clairement.

Enfin le 29 mai 1817, l'entrée au désert eut lieu d'une manière solennelle. Tous les

colons étant réunis dans la cour,
M. Duval donna ordre de murer
la grille : « Sois fermée à jamais,
» s'écria-t-il, toi qui nous sépares
» du monde d'une manière plus
» irrévocable que l'immensité
» de l'Océan, puisque c'est une
» volonté immuable qui l'exile
» de nous !

» Salut, séjour de paix et de
» concorde ! ici plus de despo-
» tisme. Tous, également maî-
» tres, nous ne reconnaîtrons
» d'autre supériorité que celle
» des talens ou de la beauté. Nos
» jours s'écouleront dans un

» échange aimable de soins et
» de prévenances. L'exercice des
» plus nobles vertus, des plus
» douces affections sera l'emploi
» de notre vie. Plus d'intrigue,
» plus de querelle, plus d'envie,
» plus de médisance. Salut, sé-
» jour de paix et de bonheur !

— » Ici je ne penserai plus à
» ma gloire passée », dit M. Dervilliers », je ne m'occuperai plus
» de l'injustice des hommes, je
» cultiverai mon jardin, je la-
» bourerai comme..... »

Le bon major allait rappeler
Cincinnatus : un peu de modestie

l'arrêta. Il regarda autour de lui, espérant peut-être que l'on acheverait sa pensée ; mais la flatterie n'entrait point au désert. Il soupira. « Salut, conti-
» nua-t-il, séjour de l'oubli ! »

« Ici, dit à son tour M. de
» Léhon, je pourrai passer mes
» jours aux pieds de mon Amé-
» lie, sans craindre le ridicule
» que les hommes de la société
» osent répandre sur les tendres
» époux. Salut, séjour de l'hy-
» men sans nuages » !

— » Prison, dit à voix basse
» madame de Lostanges ! prison

» qui, près d'Eugène, m'offrira
» peut-être trop de charmes !
» puisse la monotonie de ton
» séjour ne pas me ravir son
» cœur » !

— « Marie, vous êtes pâle,
» dit Saint-Albe : ah ! je ne le
» vois que trop, vous regrettez
» le monde..... »

— « Je m'occupais de vous,
» Eugène, de votre avenir. Pour
» moi, qu'importe le lieu de ma
» demeure ! Une femme, dès
» qu'elle est entourée des êtres
» qui lui sont chers, est tou-
» jours heureuse. Je n'ai pas

» dû hésiter à souscrire à la vo-
» lonté de mon respectable on-
» cle : je crois que, sans moi, il
» serait revenu plutôt d'un
» rêve extravagant ; mais il lui
» plaît ; et je trouve, dans cette
» séparation de la société, le
» moyen de me consacrer en-
» tièrement à l'éducation de ma
» chère Anaïs..... »

— « Vous craignez, Madame,
» s'écria Eugène, de me laisser
» croire que vous comptez pour
» quelque chose mon amour et
» le bonheur que je goûterai
» ici près de vous ! Vous vous

» plaisez à me désespérer ».....

— «Que vous me connaissez
» mal, Eugène! Vous m'avez
» vue pâlir au bruit de ces grillés
» qui se ferment, au son de ces
» verroux, à l'aspect de cette
» barrière qui s'élève, non de
» la crainte de rester long-
» temps ici, mais de la pensée
» que cette habitation vous dé-
» plaira; que vous aurez peut-
» être à vous en éloigner le mê-
» me empressement que vous
» montrez à vous y mettre en
» exil ».

— « Par grâce, au moins,

» répondit Eugène, ne m'outra-
» gez pas ! et, si vous repoussez
» mon amour, rendez-lui jus-
» tice. Depuis un an que je vous
» connais, que je vous adore,
» quelle preuve de légèreté vous
» ai-je donnée? Une autre fem-
» me a-t-elle attiré mes regards?
» N'ai-je pas fui toutes les so-
» ciétés où je ne devais pas vous
» voir? supportant votre froideur
» sans me plaindre, respectant
» jusqu'à vos préjugés, qu'ai-je
» obtenu de vous »?

— « Une affection bien sin-
» cère, mais qui ne m'empêche

» pas de considérer et de juger

» nos positions respectives. J'ai

» vingt-sept ans, j'ai souffert:

» c'est avoir acquis de l'expé-

» rience. Vous avez vingt-qua-

» tre ans : riche, aimable, fait

» pour plaire et pour briller

» dans le monde, vous couriez

» de conquêtes en conquêtes,

» lorsque vous m'avez connue.

» Vous m'aimez et voulez m'é-

» pouser ; vous ne voyez pas que

» vous terminez une carrière à

» peine commencée. Mon époux

» ne m'a laissé pour héritage

» qu'un nom qu'il sut illustrer,

» et la tâche honorable d'élever

» sa fille. On m'accusera d'avoir

» cherché la fortune : plus âgée

» que vous, j'aurai déjà perdu

» le peu de charmes qui vous a

» séduit, lorsque vous serez en-

» core dans l'âge des passions.

» D'autres femmes vous plai-

» ront; vous en aimerez une,

» peut-être; et vous maudirez

» vos liens; malheureuse alors

» de vos peines, Marie ne

» pourrait plus vous rendre li-

» bre » !

Anaïs, qui venait déjà de

parcourir une partie du désert,

2.

mit fin, par son arrivée subite, à cette conversation ; mais l'impression douloureuse qu'elle avait produite ne s'effaça qu'avec lenteur des traits de madame de Lostanges.

Elle s'aperçut qu'elle était restée seule dans la cour avec Eugène ; elle se hâta de se rendre dans un salon où s'était réuni le reste de la société. On procédait à la distribution des logemens. Il fut décidé que le major et sa femme habiteraient le premier étage du principal bâtiment; M. Duval devait oc-

cuper le second ; M. et madame
de Léhon choisirent une aile en
retour ; madame de Lostanges
et sa fille eurent en partage
celle qui était parallèle ; M. de
Saint - Albe se logea dans un
joli pavillon situé au milieu du
jardin.

Une salle de billard, un salon de musique, une vaste bibliothèque devaient servir de
lieu de réunion.

Après que chacun eut donné
des ordres aux domestiques, on
se rassembla dans la bibliothèque ; et M. Duval réclama, pour

quelques instans, l'attention générale.

« Messieurs et Mesdames, dit-
» il en se levant et en saluant
» autour de lui; ce grand jour
» est sans doute le plus beau
» qui ait encore lui pour nous,
» puisque c'est d'aujourd'hui
» que nous datons une existen-
» ce de paix et de bonheur. Per-
» mettez que ma voix vous féli-
» cite d'avoir exécuté si fran-
» chement la sage résolution de
» vous soustraire à la société des
» hommes, à ce repaire impur de
» tous les vices. A l'avenir, l'a-

» mitié, l'amour, la nature se-
» ront seuls nos guides : ici, plus
» de despotisme, plus de lois
» arbitraires. Parties séparées
» d'un même tout, notre volon-
» té sera une ; et, membres
» égaux d'une république, nul ne
» pourra s'arroger de droits qui
» ne soient partagés par tous.

» J'ai long-temps, j'ai beau-
» coup réfléchi sur cette dispo-
» sition morale des humains à
» être toujours mécontens de
» leur sort et de leur condition ;
» je crois en avoir trouvé la cause
» dans le besoin inné qu'éprou-

» ve tout être créé de se sentir
» libre et d'agir selon sa volonté.
» Que ce besoin soit satisfait,
» l'homme ne désirera plus ; il
» vivra tranquille et content. Je
» vous expose là , Messieurs et
» Mesdames , la pensée de ma
» vie tout entière ; nous sommes
» donc et serons tous égaux.
» Nous devons vivre en frères
» et sœurs, sans que jamais un
» de nous puisse blâmer ce
» qu'auront fait les autres ; sûrs
» de nos intentions, forts de no-
» tre conscience, nous allons
» jurer tous ici que nous accep-

» tons cet acte de concorde et
» d'union ; nous allons jurer hai-
» ne au monde et à ses institu-
» tions. Des réglemens que je
» vous énoncerai à mesure que
» l'occasion s'en présentera, dé-
» couleront naturellement de
» cette source féconde et inalté-
» rable ; et si jamais ces mortels
» malheureux, vivant dans la
» société et sous tant de divers
» gouvernemens, connaissent
» nos statuts, ils diront en en-
» viant notre sort : Ils furent
» heureux, car ils furent sages ! »

Tout le monde applaudit M.

Duval, sans trop chercher à bien comprendre son pompeux discours.

— « Ne serait-il pas plus » juste de penser que les sages » sont ceux qui ont su être heu- » reux » ? dit à demi-voix Eugène à Marie.

M. Duval disserta encore quelque temps, proposa plusieurs articles de la constitution, *travail et pensée de toute sa vie ;* les soutint avec la chaleur d'une nouvelle idée, et eut le plaisir de les voir adoptés avec transport par la majorité, et consentis avec complaisance par la minorité, composée de madame Dervilliers et de son aimable nièce.

Enfin, un serment solennel réunit fédéralement tous les colons; et ce pacte, fixant leur sort pour dix ans, dut bannir du désert le besoin d'enfanter de nouveaux projets, le désir de briller d'un éclat emprunté, l'ambition, la soif de la gloire et les autres passions inhérentes à l'état social. L'amour seul put y prendre place et sourit à son empire.

3

M. Duval, heureux d'occuper toute la société, s'admirant dans ses discours, sentit cependant qu'un besoin très-vulgaire pouvait tyranniser l'estomac d'un législateur, et il finit ses déclamations en demandant le dîner. Cet appel à la faim de ses associés fut plus accueilli encore que les articles de sa constitution : on se porta avec empressement vers la salle à manger.

Mais la constitution n'avait pas prévu que l'on dût se mettre à table; et, chaque habitant du désert ayant ordonné divers travaux aux domestiques, il n'y avait rien de préparé. On rit d'abord, on eut ensuite un peu d'impatience, et l'on finit par se contenter de ce qui put être promptement apprêté. Après ce très-frugal repas, qu'on se promit bien de ne plus renouveler, on se promena, on joua, on fit de la musique, on fut aimable et gai ; et, quand les colons se retirèrent dans leurs apparte-mens respectifs, chacun se berça doucement de chimères agréables : on conçut de flatteuses es-pérances.

*

Eugène, surtout, que la tendre réserve de madame de Lostange attirait et désolait tour-à-tour, se répétait avec ivresse que bien certainement il finirait par obtenir tout son cœur, et que cette retraite, favorable à son amour, le verrait époux heureux de l'aimable Marie. Mais comment se marieraient-ils, n'ayant dans le désert ni maire, ni prêtre? Eugène ne s'arrêta pas à cette objection, sachant bien que l'amour ne connaît point d'obstacles insurmontables.

Il avait vu des femmes plus belles que madame de Lostange ; il n'en avait point connu qui fût aussi faite pour plaire. Le jugement de l'âge mûr joint à la candeur de la jeunesse, une douceur inaltérable, une modestie qui la dépouillait de toute prétention, se réunissaient à l'âme la plus parfaite pour rendre irrésistible le charme qu'elle faisait ressentir. Une femme comme Marie serait, quand elle aimerait, l'amante la plus tendre, l'amie la plus indulgente : Saint-Albe, en laissant retour-

ner sa pensée sur les objets pas-
sagers de ses autres amours,
concevait l'éternité du sentiment qu'il éprouvait.

A une nuit calme succéda
un jour serein. Le soleil se montra brillant et pur, et vint disposer à la gaieté tous ceux qui
jouissaient de son éclat. L'infa-
tigable Duval, levé le premier,
parcourait avec complaisance
ces jardins soumis à son empire,
arrangeait de nouvelles lois, se
voyait fondateur de cette étran-
ge colonie, désirait y étendre
les bienfaits de sa raison; et,

sectateur apparent de la démo-
cratie, aspirait, dans le secret
de son âme, au pouvoir absolu.

En se promenant, il rencon-
tra plusieurs domestiques, des
jardiniers, des filles destinées à
soigner la basse-cour et la laiterie. La bienveillance qu'il
éprouvait pour tous ceux qui,
ainsi que lui, renonçaient à la
manière de vivre usitée, se ma-
nifesta dans le langage dont il
se servit en leur parlant; et tous,
quittant leur ouvrage, l'entou-
rèrent en lui donnant des signes
approbatifs de leur admiration.

Il porta donc au déjeûner la plus entière satisfaction de lui-même; sa suprise fut grande en entrant dans la salle à manger : les domestiques, préposés au service de l'intérieur, achevaient de dresser un repas qui eût pu convenir à un festin de noces, auquel auraient été conviées quarante personnes. Étonné de cette profusion, M. Duval allait en demander la cause, lorsque le reste de la société entra : chacun se prit à rire en voyant le résultat des ordres particuliers donnés par tous, sans que les divers membres de la petite République se les fussent communiqués.

Le frugal dîner de la veille avait inspiré des craintes pour le déjeûner du lendemain ; et chaque maître de la colonie, voulant obvier à l'oubli des autres, avait commandé un déjeûner recherché pour huit personnes : la petite Anaïs, elle-même, à l'insu de sa mère, avait ordonné des friandises qui lui plaisaient beaucoup ; ce premier acte d'autorité avait encore inspiré à cette jeune enfant un grand amour pour le désert.

Mais les discours que M. Duval avait tenus le matin à quelques-uns des serviteurs avaient été recueillis par des personnes toutes disposées à s'en prévaloir. Les mots imposans d'égalité, d'échange de services les avaient frappées. Toute cette journée se sentit de leurs dispositions nouvelles. Amelie ne put être habillée, et fut obligée de paraître à la réunion du soir en robe et coiffure négligées. Elle se plaignit avec amertume de sa fem-

me de chambre, qui s'était au-
torisée des paroles de M. Duval pour ne faire que ce qu'elle
jugerait nécessaire à son bien-
être; le plus ou moins de toi-
lette de madame de Léhon n'y
pouvant contribuer, elle n'avait
point paru, malgré les fréquens
avertissemens qu'elle en avait
reçus de la part de sa maîtresse.

Le domestique de M. de Léhon, qui était un bel esprit
parmi les gens de sa classe, et,
depuis long-temps, était atta-
ché au service de son maître,
n'était point entré chez lui pour

recevoir ses ordres, ne s'était point tenu derrière sa chaise pour le servir à table : réprimandé assez vivement par M. de Léhon, il lui répondit qu'il avait été occupé d'autre chose; que, d'ailleurs, M. Duval l'avait éclairé; que nul homme n'était fait précisément pour obéir à son semblable; qu'il fallait au moins un échange réciproque de bons procédés.

M. de Léhon, en colère, s'écria que M. Duval était un extravagant. Alors, son domestique, avec un geste de tragédie, cita ces deux vers auxquels il lui avait été enjoint d'applaudir :

Les hommes sont égaux, ont tous les mêmes droits :
Ma dignité me dit de n'obéir qu'aux lois.

Hélas ! cette citation rouvrit dans l'âme de M. de Léhon des plaies mal cicatrisées : ces vers étaient de lui, et se trouvaient dans la malencontreuse pièce contre laquelle le public incivil s'était déclaré. Il se retraça avec amertume le bruit déchirant des sifflets ; il lui sembla revoir les acteurs dont on ne distinguait même plus la voix : le rideau se baissait enfin au milieu des clameurs, et semblait étouffer le poëte infortuné, en refoulant dans son cœur les idées de gloire dont il s'était nourri.

M. de Léhon avait porté la main sur son front, qui s'était encore couvert de la sueur de l'amour-propre froissé. Pendant ce temps, le domestique avait prudemment disparu; mais le souvenir qu'il venait de réveiller, laissa à M. de Léhon une mauvaise humeur qui ne demandait qu'un prétexte pour s'exhaler.

Enfin le désert était en insurrection. Plus ou moins chaque habitant avait à se plaindre, et tout s'unissait pour accuser M. Duval.

M. Duval qui, dans cette même journée, avait eu plusieurs preuves de cette vérité, que beaucoup de volontés contradictoires ne donnent pas un ensemble très-satisfaisant, proposa alors, pour premier amendement aux lois instituées, de nommer un des membres de la petite société administrateur-surveillant de la colonie.

A l'unanimité on proclama

madame de Lostange surinten-
dante du désert. Elle se rendit
en souriant aux instances qu'on
lui fit à ce sujet. M. Duval, dès
ce moment, peut-être, accusa
d'ingratitude et de manque de
discernement ceux qui choisis-
saient une autre personne que
lui pour l'investir de ce pouvoir.

Madame de Lostange ramena
bientôt l'ordre, et l'on ne pensa plus qu'à vivre ainsi qu'on
l'avait désiré.

Quand le dimanche fut venu,
quelques personnes s'aperçu-
rent qu'on avait oublié d'ame-

ner un prêtre dans la colonie,
et qu'on ne pouvait y entendre
la messe. M. Duval, qui ne voulait pas qu'on eût des regrets,
et qui souhaitait de contenter
tous ceux qui vivaient sous les
lois qu'il avait données, rassembla la société du désert, maîtres et domestiques, et fit un
long discours, où il exposa que
Dieu était satisfait, lorsqu'on
faisait tout ce qu'on pouvait
faire.

« Robinson et tous ceux qui
» vécurent dans la solitude, dit-
» il, n'en furent pas moins chré-

» tiens, quoiqu'ils ne pussent
» avoir, comme dans le monde,
» leurs offices réguliers. Les
» pieux solitaires de la Thébaïde
» n'avaient, non plus que nous,
» ni prêtres, ni églises. Nous
» ferons comme eux ; nous prie-
» rons en commun, et Dieu sera
» parmi nous ».

Après une harangue qui res-
semblait un peu à un prône,
M. Duval annonça que, tous les
jours de dimanche et de fête, il
lirait un sermon ; que l'on réci-
terait tout haut les offices ; que
l'on chanterait les cantiques et

les psaumes, et qu'il s'offrait à dire lui-même les prières et à guider la colonie dans les devoirs religieux. « Notre hommage se-
» ra pur, ajouta-t-il : notre en-
» cens sera reçu de la Divinité.
» Il ne peut y avoir parmi nous
» ni scandale, ni fraude, ni
» méchanceté ! Nous serons des
» saints aux yeux de la religion,
» et des sages devant la raison
» humaine ».

On approuva tout ce que dit et proposa M. Duval; ce jour-là même il entra en fonctions; et tout se passa fort bien.

Un mois s'écoula ainsi paisi-
blement : Marie tenait la même
conduite que dans le monde, et
menait dans son intérieur le
même genre de vie. Eugène,
désolé de ne pas se trouver plus
rapproché d'elle qu'avant d'entrer au désert, se plaignait et
suppliait tour-à-tour. M. Duval
qui, jusqu'à ce moment, s'était
occupé à faire et à modifier les
articles de sa constitution, commençait à avoir un peu de repos ; il s'aperçut alors que madame de Lostange était charmante. Bientôt il se persuada

que le vide qu'il éprouvait, malgré cette existence privilégiée,
tenait à la nécessité d'avoir une
aimable compagne; et ce mariage au désert, en lui offrant
plus de bizarrerie, le remplit
tout-à-coup d'un enthousiasme
qu'il qualifia de passion invin-
cible.

Il ne pouvait douter de l'a-
mour d'Eugène ; mais le calme
habituel de Marie lui permet-
tait de croire qu'elle n'y répondait que par de l'amitié. D'ailleurs, à quarante-cinq ans,
l'emporter sur M. de Saint-Albe

qui n'en avait pas vingt-cinq, ce serait un beau triomphe. Toutes les pensées du législateur amoureux se tournèrent vers ce seul but.

Dès-lors, il ne laissa plus échapper aucune occasion de se rendre agréable à madame de Lostange, et surtout de la convaincre qu'il brûlait d'un feu qui dévorait son existence, sans qu'il osât l'exhaler. Rien ne changeait néanmoins dans sa manière d'être extérieure : il ne cherchait jamais à refuser à Eugène la douce satisfaction

d'approcher de la belle veuve ;
mais il soupirait devant elle ,
paraissait distrait, rêveur, s'é-
loignait lorsque Saint-Albe était
auprès d'elle , et ne retour-
nait à la société qu'avec l'air
souffrant et malheureux.

En même temps , M. Duval
ne négligeait aucun moyen de
se rendre favorables le major et
sa femme : il mettait en usage
les louanges les plus délicates ,
ramenait sans cesse la conversation sur les exploits de M.
Dervilliers , se faisait redire
cent fois le même fait d'armes,

et chaque fois semblait y prendre un nouvel intérêt.

Près de madame Dervilliers, il tenait un autre langage. Il vantait la tendresse maternelle qu'elle montrait pour madame de Lostange, et lui inspirait des craintes pour l'avenir de cette aimable femme, si elle la laissait aller à répondre aux protestations d'amour de M. de Saint-Albe. Eugène était cher à madame Dervilliers ; elle aurait vu avec plaisir qu'il devînt l'époux de sa nièce. M. Duval appela adroitement la calomnie à son aide : il l'attacha aux démarches de Saint - Albe ; elle empoisonna ses actions , ses discours les plus simples. Une jeune fille de la laiterie qu'Eugène plusieurs fois avait trouvée jolie , devint le prétexte d'une accusation très-grave : elle fut dépeinte comme victime de promesses illusoires , et se livrant au désespoir en se voyant abandonnée d'Eugène.

La bonne madame Dervilliers eût souri d'un écart de jeunesse ; elle s'indigna d'une séduction préméditée ; mais,

4

lorsqu'elle voulut elle-même in-
tervenir entre le coupable et la
victime, la jeune fille avait disparu.

Ce fut, toute cette journée,
la grande nouvelle de la colonie.
On s'étonna qu'une des habi-
tantes eût sitôt pu renoncer aux
charmes du désert, et on s'a-
perçut, à la disposition d'une
échelle, qu'elle avait passé par-
dessus la muraille. On ne soup-
çonna pas qu'Eugène, perfide,
fût le motif de sa fuite : madame
Dervilliers seule croyait en bien
savoir la cause ; mais M. Du-

val, qui avait déjà acquis un
grand empire sur son esprit,
obtint d'elle de ne point donner
de suite à cette aventure.

Elle en sentit la nécessité,
et consentit à se taire. De ce
moment, elle ne fut plus la
même pour Saint-Albe; elle fit
tous ses efforts pour disposer sa
nièce à choisir pour époux le
seul homme qu'elle jugeât fait
pour la rendre heureuse.

Eugène souffrait de la froideur que lui montrait madame
Dervilliers, et ne savait à quoi
il devait l'attribuer. Il voyait

*

bien aussi que M. Duval était
près d'elle au plus haut degré
de faveur. La jalousie l'éclaira :
il surprit les regards qu'il lan-
çait sur Marie ; et, malgré la
réserve constante de celle qu'il
aimait, il osa l'accuser de coquetterie. Madame de Lostange
reçut en riant un reproche si
peu fondé, et elle lui dit qu'en
effet elle s'était bien aperçue
que M. Duval se croyait amoureux d'elle. Saint-Albe, furieux,
méditait, en écoutant Marie,
des projets de vengeance contre
son rival. Elle le devina, sut

le calmer; et si, en quittant madame de Lostange, Eugène n'avait pas encore obtenu l'aveu qu'il brûlait d'arracher, au moins avait-il acquis la certitude que M. Duval ne pourrait jamais avoir aucun droit sur elle.

Madame Dervilliers parla assez ouvertement à sa nièce du désir qu'elle avait de la voir s'attacher à son protégé; elle reconnut aussi, mais avec chagrin, que, si madame de Lostange se décidait un jour à changer d'état, il serait bien diffi-

cile d'obtenir que ce fût en faveur de M. Duval.

Un événement fâcheux, qui
jeta dans la consternation les
habitans du désert, vint arrê-
ter, pour quelque temps, les petites intrigues, et sembla réunir
tous les intérêts. M. de Saint-
Albe tomba malade : dès le
second jour, on put juger qu'il
était gravement attaqué ; et,
vers la fin du troisième, son
état devint si alarmant, que
chacun se regardait avec angoisse, sans oser parler des
craintes que l'on concevait.

M. Duval avait donné quelques conseils qui avaient d'abord
été reçus avec impatience; mais,
depuis qu'Eugène n'avait plus
que très-imparfaitement la con-
naissance de ce qui se passait
autour de lui, il ordonnait et
tranchait avec le ton docte et
imposant d'un savant disciple
d'Hyppocrate. Il espérait avoir
persuadé tous ceux qui l'entou-
raient, de ses connaissances
profondes dans l'art de guérir :
son dépit ne put donc être éga-
lé que par l'excès de sa vanité,
lorsqu'il entendit madame de

Lostange réclamer avec force d'autres conseils pour Eugène.

On lui opposa que l'on ne devait point avoir de commerce avec les gens du dehors ; qu'elle, ainsi que les autres, l'avait juré. L'ascendant de M. Duval prévalait encore, et atténuait l'intérêt que Marie élevait en faveur du malade.

« Quoi ! s'écria-t-elle, vous
» le laisserez périr faute d'un
» avis salutaire ! De vains ré-
» glemens l'emporteront sur le
» désir de sauver la vie d'un
» homme à qui vous donniez le

» titre d'ami? Tenir un serment
» qui vous rendrait barbares,
» serait - ce donc de la force
» d'âme? D'ailleurs », ajouta
Marie, d'une voix émue, et sen-
tant qu'elle ne devait point
irriter ces esprits déraison-
nables, « vos lois permettent
» de sortir deux fois en dix ans;
» je demande cette autorisation
» qui ne peut m'être refusée ».

On alla aux voix, et l'impa-
tiente Marie obtint enfin la per-
mission désirée. Elle franchit
les barrières élevées entre le désert et le monde, et se retrouva

dans Paris. Le bruit, le mouvement qui succédaient au calme qui régnait dans sa demeure habituelle, l'étourdirent, sans
la distraire de son unique pensée. Elle arriva chez son médecin dans qui elle avait toujours
trouvé un ami dévoué. Son éton-
nement fut extrême en la voyant
paraître; car il la croyait en
voyage : elle lui expliqua légèrement les motifs qui la tenaient
éloignée de la société; puis,
sans écouter tout ce qu'il aurait
pu lui dire de raisonnable à ce
sujet, elle le consulta pour Eu-

gène. Elle lui peignit si bien
son état, les progrès du mal,
qu'elle le lui rendit, pour ainsi
dire, présent. Il ordonna ce
que l'on devait faire, et convint
avec elle d'un moyen de corres-
pondre qui serait ignoré des
personnes avec lesquelles elle
habitait. Elle lui fit promettre
le plus grand secret, et retourna
en toute hâte au désert, après
avoir acheté tout ce que l'on
prescrivait au malade qui l'in-
téressait si vivement.

Dès qu'elle fut de retour, elle
se vit assaillie de questions, qui

prouvaient toutes combien les solitaires tenaient à cette vie mondaine qu'ils avaient rejetée.

« J'aurais bien voulu savoir » s'il y a quelque mode nou- » velle », dit madame de Lé- hon? « Se doute-t-on du lieu » que nous habitons? Fait-on » la guerre », disait le Major? « Où en est la politique », de- mandait M. Duval? « Si vous » aviez vu seulement les affiches » des spectacles , ajoutait M. de » Léhon , vous auriez pu me » dire quelles sont les nouveautés » les plus remarquables ». Marie

les mécontenta tous; elle n'a-
vait rien vu, rien observé.
Le vrai désert pour elle était
Paris; tous les objets de ses affections étaient enfermés dans
l'enceinte qu'elle avait quittée
quelques heures.

Lorsqu'elle revit Eugène, il
était dans le délire; on lui avait
appris que madame de Los-
tange était absente, et il demandait avec des accens déchi-
rans Marie à Marie elle-même.
Rappelant tout son courage,
elle fit avec la plus minutieuse
exactitude tout ce que le médecin

avait ordonné. Ses soins ne furent pas inutiles ; ses larmes, ses
prières furent exaucées : Saint-
Albe retrouva du calme, reconnut madame de Lostange, reprit dans ses yeux attendris de
nouveaux motifs d'amour, et
lut l'espérance du bonheur sur
les traits altérés de l'aimable
Marie.

Madame de Lostange ne se
sentait plus la force d'imposer
silence à Eugène, lorsqu'il lui
parlait de sa tendresse. En
craignant pour sa vie, elle avait
appris à mieux connaître son

propre cœur ; et trop franche
pour le taire à son amant, elle
lui laissa apprécier tout le charme d'un tel aveu.

Elle aimait Saint-Albe depuis long-temps : c'était cependant de bonne foi qu'elle avait
opposé à ses vœux des obstacles
presque insurmontables. Son
état de veuve semblait lui imposer des devoirs qu'elle craignait de braver ; elle redoutait
de confier sa fille à une autre
autorité que la sienne. Son peu
de fortune, la jeunesse et la légèreté d'Eugène avaient encore

été , pour cette âme tendre mais raisonnable , des motifs plus que suffisans pour combattre le penchant qui l'entraînait vers lui.

Elle aurait résisté à son cœur, aux sollicitations d'Eugène : elle céda à la crainte de le perdre. Il lui semblait que, l'entourer de nouveaux liens, c'était le retenir à la vie ; et , après lui avoir répété mille fois qu'elle l'aimait , Marie traçait le plan de longues années , afin de lui créer, pour ainsi dire, la nécessité d'une longue existence.

Le Major et sa femme appri-

rent avec quelque mécontente-
ment le choix de leur nièce.
Madame Dervilliers , la voyant
décidée, lui raconta, telle qu'elle
la tenait de M. Duval , l'aventure de la jeune fugitive sédui-
te par Eugène. Marie répondit,
sans hésiter, que c'était une calomnie. Les autres objections
que M. et Madame Dervilliers
auraient pu faire n'ayant point
de fondement réel , par le motif
qu'elles ne reposaient que sur le
désir qu'ils auraient eu de la
voir épouser M. Duval, ils ne
cherchèrent pas davantage à la

4.

détourner de la résolution qu'elle avait prise.

Marie promit donc à Saint-Albe de lui accorder sa main ; elle mit cependant au don qu'elle lui en fit, une restriction contre laquelle il réclama vainement. Une année entière devait s'écouler encore avant leur mariage.

Madame de Lostange désira que le projet de cette union restât secret ; mais sa tante le laissa entrevoir à M. Duval, afin qu'il ne se berçât pas plus long-temps d'un espoir trompeur.

De ce moment, M. Duval, voulant à tout prix jouer un rôle intéressant, se fit héros d'amitié, n'ayant pu être héros d'amour ; il professa pour Eugène un attachement, auquel celui-ci répondait fort peu. Il semblait s'être établi son protecteur auprès de madame de Lostange, qui ne révélait point la tendresse qu'elle sentait pour Eugène, mais ne cherchait pas non plus à la cacher.

Heureuse d'oser se livrer à son amour, heureuse surtout du bonheur qu'elle donnait,

Marie avait renoncé au plan de conduite qu'elle avait suivi avec exactitude jusqu'à la maladie d'Eugène. Vainement elle voulait encore quelquefois lui interdire sa vue, avant l'heure où la société se rassemblait pour le dîner, il se plaignait doucement, regrettait l'état de souffrance dont elle l'avait arraché ; et, de nouveau effrayée de ce souvenir, elle cédait.

Bientôt elle oublia les motifs raisonnables qui l'avaient portée à vivre solitaire toutes les matinées, et s'abandonnant au charme d'être aimée, elle comptait comme perdus les courts instans écoulés loin de Saint-Albe.

Elle qui, tant de fois, avait souri en voyant Amélie et son mari se chercher des yeux, paraître mécontens si l'on venait se mêler à leur conversation, elle éprouve une impatience qu'elle dissimule mal, dès qu'on la force à ne pas s'occuper exclusivement de l'homme qu'elle chérit.

Elle s'était étonnée du prix qu'avait pour ces époux-amans

l'offre de la moindre bagatelle; maintenant elle le conçoit: c'est avec une sensation de bonheur qu'elle place sur son sein la fleur cueillie par Eugène; et elle aime madame de Léhon pour le plaisir qu'elle trouve à se parer du bouquet offert chaque matin par son époux.

Madame de Lostange goûtait toute la douceur de ces jours où l'on jouit mutuellement de la certitude d'être aimé, de ces jours les plus beaux de la vie. Elle était sous le charme d'une tendre passion qu'aucun nuage

ne semblait devoir troubler :
Eugène voyait sans cesse dans
ses regards et dans ses yeux
l'assurance du plus pur amour.

Lorsqu'on fut au commence-
ment de l'automne, les soirées
devinrent froides et longues :
tous les habitans du désert se
réunissaient à la chute du jour
dans le salon de musique. Un
soir que l'on n'avait pas encore
apporté de lumière, la conversation, après avoir langui quelques instans, tomba tout-à-fait.
L'ennui paraissait prêt à gagner
la colonie. Eugène rompit ce

triste silence en s'écriant :
« Hélas ! voici le temps où tout
» le monde revient de la cam-
» pagne ; les fêtes, les soirées
» vont recommencer.... Je vou-
» drais bien savoir ce que l'on
» dit de nous, à Paris », ajouta-t-il en soupirant.

— « Oui, dit madame de
» Léhon, il serait assez curieux
» de connaître ce qu'on pense
» de notre absence, et si l'on
» s'en occupe... Vous rappelez-
» vous, Saint-Albe, ce bal
» charmant que l'on donna trois
» jours après mon Mariage »?

—«Je croyais, Amélie,»in-
terrompit M. de Léhon, » que
» ce bal vous avait peu amu-
» sée »?

— « Certainement; mais cela
» ne l'empêchait pas d'être fort
» agréable ».

— « Si j'avais pu y voir autre
» chose que vous, ma chère
» amie, » dit alors M. de Léhon,
« j'y aurais remarqué de bien
» jolies femmes, entr'autres,
» madame de Sorbelle : elle est
» un peu coquette ; mais la char-
» mante personne !... A propos,
» Saint - Albe, on disait que

5

» vous étiez son adorateur ».

— « Moi ! » répondit Eugène avec embarras ; » je vous assure » qu'il n'en est rien ».

—«Il est impossible,» ajouta M. Duval, » que M. de Saint-» Albe conserve le moindre » souvenir d'un monde et d'un » temps déjà si loin de lui ».

— « C'est dommage, » dit le major, » que nous n'ayons pas » pensé à nous procurer les » journaux ».

— « Mais, ne serait-ce point » une contravention au plan de » vie que vous vous êtes créé, » répliqua madame Dervilliers.

— « Point du tout ; les jour-
» naux vont partout, » dit M. de
Léhon. « Nous devrions songer
» à les avoir, au moins quelque
» journal littéraire..... En at-
» tendant, Mesdames, que fe-
» rons-nous ce soir ? Si vous le
» voulez, je vais vous lire un
» petit poëme sur les avantages
» de la vie sociale ; ce léger ou-
» vrage a occupé mes loisirs ».

— « Il paraît, » dit à demi-
» voix Amélie à Eugène, » qu'il
» comprend sous ce nom toutes
» les heures de la vie ; car il ne

*

» cesse pas un instant de faire
» et de refaire ces malheureux
» vers ».

— « Oh ! oui, oui, une lec-
» ture, ce sera charmant ; » s'é-
cria la bonne madame Dervilliers ; sonnez que l'on allume».

— « Ne prenez pas cette pei-
» ne, « dit madame de Lostange, « je vais vous faire appor-
» ter des lumières ».

« Mais, ma Nièce, » reprit
madame Dervilliers, qui avait
cru remarquer un peu d'alté-
ration dans la voix de Marie,
« est-ce que vous souffrez »?

— « N'ayez aucune inquié-
» tude, ma chère tante, je passe
» un instant chez moi... »

— « Ne puis-je donc vous
» éviter de vous déranger, »
dit Eugène en s'approchant de
Marie ?

— « Je vous remercie », fut
la réponse de madame de Lostange qui se hâta de sortir.

Marie, après avoir demandé
des lumières pour la société,
fit dire que, se trouvant légèrement indisposée, elle allait rester chez elle. Étant entrée
dans son appartement, elle en

ferma la porte ; et, cédant à la violence des palpitations de son cœur , elle tomba sur un siége, en proie à mille réflexions qu'elle ne pouvait comprimer.

Elle avait cru remarquer, dans le ton et dans le peu de paroles qu'Eugène venait de prononcer , qu'elle n'était plus l'objet unique de ses pensées : ce premier moment du doute désenchanteur fut affreux pour elle. Sa raison , l'expérience acquise en plusieurs années , s'étaient évanouies au souffle de l'amour. La dangereuse magie de ce sentiment l'entourait d'illusions. Confiante autant que tendre, madame de Lostange se croyait aimée comme elle aimait elle-même, et nul soupçon jaloux ne serait venu flétrir l'objet de son affection. Maintenant qu'un mot a annoncé le souvenir, qu'un soupir a exprimé le regret de ce monde si entièrement oublié d'elle : son cœur froissé appelle toutes les sensations pénibles.

Depuis plus d'un mois, tout était bien en apparence ; cependant elle sent, plutôt qu'elle ne se retrace, mille occasions où Saint-Albe ne s'est plus montré le même. Depuis ce temps aussi, madame de Léhon, qui commençait à négliger le soin de sa parure, a repris toute l'élégance d'une femme qui désire plaire. Son mari, livré de nouveau à son goût pour la poésie, a cessé d'être amant : il a cessé de lui offrir le matin le bouquet qu'il cueillait chaque jour : cependant madame de Léhon porte souvent d'autres fleurs qui lui sont données par une main plus attentive.

Elle prodigue, dans les premiers mois de l'exil au désert, les jolies étoffes qui lui ont été données pour dix ans ; et, tous les jours elle paraît avec une robe neuve.

Mille petits riens se représentent à la mémoire de Marie, et la blessent dans ce qu'elle a de plus cher. Amélie, ennuyée de ne point renouveler sa musique, s'en était plainte un jour: le lendemain Eugène lui avait présenté une romance qu'il avait composée pour elle.

Marie trouve une sorte de

charme à s'exagérer les torts d'Eugène ; elle sent l'amour pour la première fois : pour la première fois elle éprouve les atteintes de la jalousie.

Eugène était bien moins coupable cependant qu'il ne le paraissait à madame de Lostange. Il l'aimait toujours ; mais il sentait, sans vouloir en convenir, le besoin d'une existence plus animée. Le caractère aimable de Marie contribuait même à lui rendre l'uniformité de sa vie moins supportable. Un peu de coquetterie , quelques légers caprices auraient empêché la monotonie, et Saint-Albe n'eût pas remarqué la piquante langueur de madame de Léhon.

Amélie, n'ayant voulu voir dans l'hymen que l'amour, s'était crue malheureuse, dès qu'elle avait retrouvé dans son mari le goût de la poésie ; elle s'était imaginée qu'on négligeait ses attraits, parce que M. de Léhon en parlait avec moins d'adoration : il lui semblait qu'elle n'était plus aimée, car il ne s'occupait plus uniquement d'elle. L'aigreur avait pris la place de la flatterie exagérée. Amélie , jeune et coquette , ne pensa pas qu'elle allait compromettre le repos de sa vie entière. Vive et jolie , il lui fut aisé d'inspirer à Eugène un sentiment qui , avec un peu de réflexion , lui eût paru une injure; et madame de Lostange, trop peu sûre de ses moyens de plaire , vit de l'amour dans un caprice éphémère qui ne pouvait être qu'une fantaisie.

Madame de Lostange ne reparut pas de la soirée. Elle entendit la société se séparer ; on

s'arrêta un instant sur la ter-
rasse, et la voix d'Eugène qui
avait l'accent de là gaieté, vint
achever de froisser son cœur.

Les réflexions d'une nuit pénible ramenèrent un peu de
calme sur les traits de madame
de Lostange, sans effacer les
traces de la douleur. En la
voyant paraître au déjeûner,
chacun se récria : Eugène exprima vivement son inquiétude,
et lui montra une tendresse si
empressée, qu'elle aurait ras-
suré toute femme qui eût moins
aimé que Marie.

Pour détourner l'attention,
elle parla de la lecture de la
veille, et témoigna le regret
qu'une indisposition l'eût em-
pêchée d'en jouir. Du moment
où elle eut mis en jeu l'amour-
propre du poëte, elle put cesser
de s'occuper de la conversation.

M. de Léhon parlait de lui
et s'admirait. Le major accusait un accès de goutte de l'humeur qui, depuis quelque temps,
le dominait presqu'uniquement.
Amélie boudait Saint-Albe, qui
s'occupait de madame de Lostange : et madame Dervilliers

s'étonnait de ne point voir paraître M. Duval. Enfin on en-
voya l'appeler, mais on n'obtint
point de réponse. L'inquiétude
s'empara de tous les esprits. On
alla dans son appartement où
l'on trouva une lettre adressée
au major. « Je pars, » écrivait
M. Duval, « cette solitude où
» j'avais cru rencontrer le bon-
» heur, a été bien fatale pour
» moi, puisqu'elle a vu naître
» le sentiment qui m'entraîne
» au tombeau !.... »

A ces mots, tout le monde
s'écria, et l'on cherchait déjà

de quelle manière l'infortuné
Duval avait terminé sa carrière.
Un post-scriptum restait à lire,
et le major continua :

« Je fuis , non pour rentrer
» dans une société que j'ai en
» horreur, mais pour vivre loin
» d'*elle* dans une retraite qui
» ne sera embellie que par son
» souvenir. O vous tous qui fû-
« tes mes amis ! vivez heureux
» dans ce séjour fortuné,et don-
« nez une larme à mes mal-
« heurs. »

Le major éclata en reproches
contre madame de Lostange.

Amélie, mécontente peut - être de n'avoir pas inspiré une semblable passion, plaignit M. Duval et lança quelques traits piquans à Marie , qui , sans en paraître émue , répondit avec respect à son oncle que , n'ayant pas un seul instant encouragé les projets que M. Duval avait formés , elle ne croyait pas lui avoir inspiré un si vif attachement ; qu'il lui semblait plus facile de penser que l'ennui s'était emparé de M. Duval , dès qu'il ne s'était plus regardé comme le mobile qui faisait tout agir ;

qu'il avait senti le besoin de retourner à un genre de vie plus conforme à ses goûts, et qu'il voulait donner un motif à sa fuite.

M. Dervilliers persista à soutenir que l'ingratitude de Marie était la véritable cause de la perte de M. Duval, et il recommença ses déclamations contre la société. Cependant, l'enthousiasme n'étant plus le même, son courroux était apaisé, et sa haine s'exhalait en termes moins véhémens.

Madame Dervilliers fit ob-

server que du moins M. Duval,
dans son désespoir , n'avait rien
oublié ; tout ce qui lui avait
appartenu était emporté, et son
domestique l'avait suivi.

L'absence de M. Duval influa
encore beaucoup sur l'humeur
du major ; Marie, se faisant un
devoir de chercher à l'amuser,
laissa tout le loisir à madame
de Lehon de s'assurer la con-
quête d'Eugène.

Saint-Albe avait senti tout
son amour se rallumer lorsqu'il
avait cru Marie jalouse : il avait
cherché une explication ; mais

*.

comment la provoquer ? La même douceur régnait sur les traits et dans les discours de madame de Lostange : lui dire qu'il craignait de l'avoir offensée , c'était presque en avouer le dessein. Eugène, impatienté de ne pouvoir découvrir un défaut à la femme qu'il avait désirée pour épouse , l'accusait de froideur , lorsqu'il n'aurait dû voir dans cette conduite qu'une honorable confiance en ses sermens.

Mécontent de lui , entraîné vers madame de Léon , créant

des torts à Marie pour se voiler
ceux qu'il brûle d'avoir , Eugène se promenait un soir , à
pas lents , dans sa chambre.
Une lettre à son adresse, posée
sur son bureau , frappe ses regards : il l'ouvre avec étonne-
ment , et ne sait s'il est le jouet
d'un songe en lisant ce qui
suit :

« J'ai enfin découvert le lieu
» que vous habitez. Devrais-je
» vous dire que j'en ai tressailli
» avec bonheur ! abandonnée
» par vous , au moment où vos
» soins avaient touché mon

» cœur, sacrifiée à un nouveau
» sentiment, j'aurais dû vous
« haïr, ô Saint-Albe ! je ne
» puis que vous aimer.

« L'être qui m'a rendu la
« vie en m'apprenant que vous
» n'êtes séparé de moi que par
» quelques grilles, m'a dit aussi
» que vous étiez libre encore.
» Cette certitude me donne le
» courage de chercher à m'ar-
» racher au malheur auquel
» votre abandon me condamne.

» Je ne parlerai point en ri-
» vale, de celle qui m'enleva
» votre amour : elle est digne

» de plaire ; mais est-ce bien
» elle qui peut vous rendre
» heureux ? Appelez-vous vivre
» la triste obligation de passer
» vos beaux jours dans une
» ennuyeuse uniformité ? Si
» votre fortune vous rend indé-
» pendant , vous devez pour-
» tant trouver dans votre âme
» un noble orgueil qui vous in-
» vite à de plus brillantes des-
» tinées !..

» Madame de Lostange vous
» aime , je le crois ; mais com-
» bien d'autres affections lui
» rendraient, même sans vous,

» la vie encore chère ! et vous
» seul remplissez tout mon cœur.
» Fallût-il vous suivre aux ex-
» trémités du monde , Emma,
» trop heureuse , eût sacrifié
» fortune , patrie , et croirait
» encore n'avoir rien fait. Loin
» de vous , que m'importe la
» vie ?

» Eugène , je ne réclame
» point l'amour que vous juriez
» à mes pieds ; un souvenir seu-
» lement pour la tendre

» EMMA DE SORBELLE ! »

Le premier mouvement d'Eugène fut une extrême curiosité

de savoir comment cette lettre lui était parvenue , et par qui Emma avait pu être informée de sa demeure et de son existence actuelle. Il interrogea son valet de chambre , qui lui dit que la lettre venait de lui être remise par un des domestiques du Major ; lequel l'avait trouvée au pied de la grille murée, où sans doute on l'avait jetée. Eugène n'en put savoir davantage : et il n'osa pas s'engager dans plus de questions , qui eussent fait soupçonner l'intérêt qu'il y prenait.

Mais, en relisant cette lettre, il crut revoir Emma ; il se reporta au temps où son imagination lui persuadait que sa vie dépendait du bonheur de parvenir à lui plaire. Au moment où madame de Sorbelle, veuve d'un vieux mari, avait paru dans le monde, accompagnée de tout le prestige d'une grande fortune et d'une naissance illustre, elle avait attiré tous les regards : sa beauté lui obtint une foule d'hommages, et sa coquetterie désespéra ceux qui avaient cru pouvoir soumettre

son cœur. Eugène avait écarté
tous ses rivaux : le bruit s'accré-
ditait qu'il allait devenir son
époux , lorsqu'il eut occasion
de se trouver souvent avec madame de Lostange. La douceur,
la réserve de Marie l'empor-
tèrent sur les qualités brillantes
de madame de Sorbelle : Eugène ne vit plus que Marie, et
rompit entièrement les liens
qu'il avait naguère désiré de
former.

La démarche d'Emma , le
sentiment qu'elle conservait
pour lui lorsqu'il s'en était

rendu indigne, cet amour passionné qu'elle lui montrait encore, firent une vive impression sur son esprit. Les raisons qui, avant l'entrée au désert, lui avaient été opposées par madame de Lostange , comme des motifs capables d'empêcher leur union, se représentent à sa mémoire; il met, à les trouver plausibles, la même ardeur avec laquelle il les avait combattues. Cependant Saint-Albe n'a pas l'idée de trahir la foi qu'il a jurée : à l'époque convenue, Marie sera son épouse; mais il

n'est plus heureux de cette espérance; il calcule maintenant
l'avenir, et les chances de la fortune et de l'ambition viennent
se placer dans ce cœur, où l'a-
mour avait régné seul.

Madame de Léhon occupait
aussi sa pensée : assurément il
ne pouvait assimiler ce qu'il
éprouvait pour cette jeune imprudente à l'attachement que
lui inspirait encore Marie; il
blâmait sa légèreté; il voyait
clairement que le désœuvre-
ment et l'ennui l'entraînaient
seuls loin de son époux; mais

Amélie était si piquante, si coquettement naïve, qu'il était impossible de résister à l'attrait qu'elle inspirait.

Madame de Lostange ne montrait ni inquiétude, ni jalousie : elle ne souffrait donc point de cette infraction aux devoirs d'un constant amour. Eugène, composant ainsi avec sa conscience, se coucha en songeant à madame de Sorbelle, et en se promettant de chercher à tourner au profit de ses plaisirs l'inconséquence de la jeune Amélie. Il crut avoir rempli tout ce que pouvait réclamer la tendresse de madame de Lostange, en lui sacrifiant l'espérance de posséder Emma, et il s'endormit, peut-être un peu embarrassé de son triple amour.

M. de Léhon, quoiqu'entièrement revenu à son goût pour la littérature, aimait toujours sa femme, et voyait, avec une peine amère, l'intimité qui s'établissait entr'elle et Eugène. Il lui en avait parlé d'abord dans des termes encore pleins d'affection; mais Amélie recevant avec aigreur des avis qu'elle appelait des reproches, et lui répétant sans cesse des conseils ironiques sur sa passion malheureuse pour la poésie, elle avait éloigné d'elle le cœur de son époux.

Il passait maintenant presque toutes les journées enfermé dans son cabinet ; et, lorsqu'il reparaissait dans la société, son humeur taciturne n'y apportait que de la contrainte.

L'imprudente Amélie voyait, dans cette conduite, de nouveaux torts envers elle : elle redoublait alors de prévenances et d'amabilité pour Saint-Albe.

La gêne, la défiance ré-
gnaient dans les réunions : on
ne se cherchait plus, on se ren-
contrait sans plaisir. Si la conversation redevenait animée,
c'était seulement lorsqu'on parlait des sociétés quittées, peu de
mois avant, avec tant d'empressement et de joie. Enfin un mot
eût rouvert les portes; mais la
honte de revenir sur des résolutions si bien prises retenait
tout le monde, et l'on vantait
les charmes de la retraite, avec
cet accent ennuyé qui change
les éloges en dérision.

Depuis deux jours, la petite Anaïs était un peu souffrante. Elle venait de passer une nuit agitée : sa mère qui, plus que jamais concentrait sur elle sa plus vive affection, ne s'était point couchée. C'était vers le milieu d'octobre ; la température était douce : à six heures du matin l'enfant reposait enfin d'un sommeil plus tranquille; madame de Lostange ouvrit une de ses fenêtres, afin de rafraîchir l'air.

Elle y était placée depuis peu d'instans, et se disposait à se retirer pour chercher quelques heures de repos, lorsqu'elle entendit entr'ouvrir doucement la porte du pavillon habité par M. et madame de Léhon. Les précautions que l'on prenait firent éprouver à Marie un pressentiment vague et douloureux, qui sembla la fixer à l'endroit où elle se trouvait.

Une jalousie qui empêchait que le jour ne donnât dans le lit d'Anaïs, et que madame de Lostange n'avait pas soulevée, lui procurait la faculté de tout observer sans être vue.

Une femme paraît sur le seuil de la porte ; elle avance, hésite, recule, regarde avec crainte autour d'elle, fait encore quelques pas, et recule avec plus de vitesse. Tout-à-coup, dans un bosquet voisin, un léger bruit se fait entendre : un jeune homme est à l'entrée d'une allée obscure ; ses gestes sont supplians. Il voit qu'on va le fuir ; il met un genou en terre. Amélie s'arrête ; elle lui fait signe de s'éloigner : Eugène insiste. Elle est retournée sur ses pas, elle rouvre la porte, elle va

la mettre entre elle et son dés-
honneur : il s'élance pour la retenir, il l'entraîne triomphant.
Ils ont disparu ; et l'accablante
certitude de n'être plus aimée
tombe avec toutes ses douleurs
sur l'âme de Marie.

Son cœur l'avait avertie, ses
yeux ne l'ont point trompée :
le parjure Eugène, la coupable
Amélie bravent tout pour se
réunir.

Madame de Lostange res-
tait immobile ; ses yeux étaient
attachés sur le bosquet où elle
venait de voir ensevelir toutes

ses espérances de bonheur ; son oreille attentive distinguait encore les pas de Saint - Albe, lorsque la fatale porte se rouvrit avec violence. M. de Léhon s'élançait sur les traces de sa femme.

L'effroi fut alors le seul sentiment distinct de Marie ; elle descendit avec une précipitation extrême, courut...; mais avant qu'elle ait pu arriver, la détonation d'une arme à feu se fait deux fois entendre, et les cris perçans d'Amélie jettent madame de Lostange dans une

telle angoisse, qu'elle est obligée
de s'appuyer contre un arbre ;
car ses genoux tremblans ne la
soutiennent plus.

Presqu'au même moment,
elle se trouva entourée de toute
la société. Les domestiques, ef-
frayés, accouraient : on l'inter-
rogeait vainement ; elle succom-
bait à ses terreurs, et ne pouvait proférer une parole.

On cessa de la questionner
en voyant paraître M. de Léhon soutenant Amélie presque
inanimée : M. de Saint-Albe
l'accompagnait aussi. Il baissa

les yeux, et rougit à la vue de
Marie. On se pressa autour
d'eux en tumulte. M. de Léhon remit sa femme à ses domestiques, en donnant ordre
de la transporter dans son appartement; puis, il raconta,
d'un air troublé, qu'il s'effor-
çait de rendre riant, que madame de Léhon avait été effrayée; qu'elle était montée
chez lui, en l'assurant qu'elle
avait vu des voleurs; qu'il s'é-
tait hâté de descendre, muni
de ses pistolets; qu'elle l'avait
suivi; qu'il croyait en effet

avoir aperçu un homme se glis-
ser le long des murs; qu'alors
il avait tiré deux coups qui
avaient éveillé tout le monde,
M. de Saint-Albe le premier,
et qui avaient fait évanouir
Amélie.

On rit de cette alerte, et
chacun rentra en faisant des
conjectures sur cet événement
qui fut la matière des entre-
tiens de toute la journée.

Madame de Lostange, ren-
fermée dans son appartement,
remercia Dieu de ce que les
craintes horribles qu'elle avait

6.

conçues ne s'étaient point réalisées : M. de Léhon, Eugène existaient ! Dans ces premiers instans, elle crut n'avoir que des grâces à rendre à la Providence. Mais lorsqu'elle se retraça les circonstances cruelles qui l'avaient amenée à ne pas se regarder alors comme entièrement malheureuse, elle accusa Saint-Albe avec amertume.

Elle pleura long-temps. Ce n'était ni le dépit, ni l'amour-propre offensé qui faisaient couler ses larmes. Elle aimait, et il lui fallait renoncer à cet amour qui ne pouvait plus donner ni recevoir le bonheur.

Madame Dervilliers vint dans la matinée voir sa nièce. Elle lui parla de l'aventure du matin, et laissa percer quelques soupçons. Madame de Lostange, voulant se conformer à la noble réserve de M. de Léhon, ne dit rien à sa tante qui pût les fortifier. Elle annonça que, se trouvant fatiguée de la nuit qu'elle avait passée près de sa fille, et n'étant pas bien remise de sa frayeur, elle resterait

*.

toute cette journée dans son appartement. Son motif le plus réel était la crainte de revoir Eugène. Espérait-il l'abuser encore? en avait-il même le désir? pourrait-il penser qu'elle eût donné croyance à la fable débitée par M. de Léhon? Quelle serait désormais sa conduite? Comment ces deux hommes, devenus ennemis, pourraient-ils se retrouver? Amélie, Amélie, s'écriait madame de Lostange! combien votre coupable légèreté aura fait de victimes!

M. de Léhon, en rentrant

dans le pavillon qu'il occupait,
s'enferma dans sa chambre ; et
les prières d'Amélie, qui, plusieurs fois, se présenta confuse
et baignée de larmes à sa porte, n'eurent pas même l'air
d'être entendues.

Eugène parut au dîner où ne
se trouvaient que M. et mada-
Dervilliers, avec l'air si abattu
et une inquiétude si réelle empreinte sur toute sa contenan-
ce, que les soupçons de la tante
de Marie prirent tous les caractères de la conviction ; elle le
traita avec la plus grande froi-

deur. Le major le mettait au supplice, en lui demandant sans cesse de nouveaux détails sur l'aventure de la matinée ; et il éprouva une sorte de soulagement, lorsque la politesse lui permit de s'échapper.

Le lendemain matin, madame de Lostange, après avoir rassemblé toutes ses forces, se disposait à descendre, comme elle en avait la coutume, lorsque madame de Léhon, pâle et les yeux gonflés de pleurs, entra chez elle, tenant une lettre à la main. Marie, en la voyant, devint aussi pâle et tremblante; mais les premiers mots de la jeune imprudente chassèrent bientôt toute idée de ressentiment.

« Je vous ai offensée, Ma- » dame, » dit Amélie; « c'est ce- » pendant vous seule que j'im- » plore. Ne me rejetez point : » j'ai cru trouver un amuse- » ment dans une funeste co- » quetterie. Mon mari me fuit, » me rejette; il me croit cou- » pable. Ah! je sens bien que » je n'ai jamais aimé que lui : » j'ai fait une démarche incon-

» sidérée; mais je n'ai que l'ap-
» parence des torts. Dites-moi
» ce que je puis faire pour le
» ramener, pour regagner son
» cœur ? »

— « Un aveu sincère, » répondit madame de Lostange,
« et une conduite désormais ir-
» réprochable, adouciront M.
» de Léhon, n'en doutez pas. »

— « Mais il me fuit, et m'or-
» donne de ne pas chercher à le
» suivre. » En prononçant ces
mots, Amélie fondit en larmes;
et, presque incapable de s'ex-
primer, elle donna la lettre de

son mari à madame de Lostange.

Elle contenait des reproches amers sur l'inconstance d'Amélie. Il savait bien, écrivait-il, qu'elle n'avait point encore trahi tous ses devoirs ; mais elle ne l'aimait plus, et il la dégageait dès-lors de sermens qui n'étaient plus qu'un fardeau pour elle. « L'homme que vous » me préférez, » disait-il dans un autre passage, « me vengera » assez : puisse son changement » déchirer votre cœur comme » vous déchirez le mien ! Je » fuis, car je le hais ; et cepen-

7

» dant sa générosité cruelle
» m'impose la loi de ne plus
» chercher à lui nuire. Pour-
» quoi a-t-il refusé de tirer sur
» moi? Craignait-il de m'ôter la
» vie, lorsqu'il n'avait pas craint
» de me la rendre odieuse? »

Le reste de la lettre contenait la défense expresse de
chercher à le suivre ; et, malgré le ressentiment qui y était
gravé, il était facile de voir combien M. de Léhon aimait encore sa femme.

Les pleurs, le désespoir d'A-
mélie émurent vivement mada-

me de Lostange : elle la pressa dans ses bras ; et , oubliant les justes sujets de plainte qu'elle avait contre elle , elle chercha , par des paroles consolantes , à ramener l'espérance d'un avenir plus heureux dans le cœur de cette jeune et imprudente femme.

Madame de Léhon éprouvait un premier chagrin , avec toute la violence et tout le découragement d'un être qui n'a connu de la vie que les illusions du bonheur. La véhémence de ses sentimens devait la porter voir dans l'amie qui lui promettait la fin de ses peines, un ange consolateur. Elle s'accusa avec amertume de tous les torts dont la coquetterie et l'impatience d'entendre toujours louer madame de Lostange, l'avaient rendue coupable. Eugène, dans son récit, trouvait des excuses; peut-être, dans le cœur de Marie, avait-il encore un avocat plus puissant.

Il fallait décider ce que devait faire madame de Léhon. Elle remit entièrement la direction de sa conduite à madame de Lostange, qui l'assura que son bonheur serait sa plus grande sollicitude, et le plus cher objet de ses soins.

Pour pallier l'absence de M. de Léhon, et motiver les chagrins de sa femme, il fut convenu que l'on dirait au major que son goût pour la littérature s'étant ranimé tout-à-coup avec une fureur nouvelle, il avait quitté le Désert pour quelque temps, afin de s'y livrer en liberté, et de faire imprimer son poëme sur la vie sociale.

Le bon major, surpris et mécontent de cette désertion, en blâma la cause avec tant de chaleur, qu'Amélie fut près de se trahir elle-même, pour défendre son mari. Madame de Lostange, sans lui laisser commettre cette imprudence, interposa sa douce médiation ; et M. Dervilliers, soumis, sans le savoir, par l'influence de son aimable nièce, cessa de trouver des torts aussi graves à M. de Léhon.

Marie obtint même que, pendant quelque temps, on laisserait à Amélie toute liberté de ne pas se joindre au reste de la société. Elle vint partager l'appartement de madame de Lostange; elle ne descendit point à l'heure des repas. Il lui semblait impossible de revoir Eugène; et ce n'était qu'avec une sorte d'aversion que ses pensées se tournaient par hasard vers lui.

Saint-Albe, en se retrouvant auprès de madame de Lostange, redoutait de rencontrer ses regards. Il sentait bien qu'elle n'avait pu être dupe du conte de M. de Léhon, et il se faisait à lui-même tous les reproches qu'elle était en droit de lui adresser. La pâleur de Marie lui apprit seule qu'elle avait souffert : ses yeux avaient leur expression de douleur habituelle; mais elle les baissait dès que ceux de Saint-Albe s'attachaient sur elle. Son organe tendre et mélancolique conservait tout son charme. Cependant, en répondant à Eugène, sa voix prenait un accent plus sévère. Il sentit qu'elle était vivement blessée; et il maudit le malheureux hasard qui lui avait découvert le secret de son entrevue avec madame de Léhon.

Marie partageait ses journées entre les devoirs qu'elle rendait à son oncle, l'éducation de sa fille, et des conversations intimes avec Amélie. Cette jeune femme, maintenant admiratrice des vertus de Mme. de Lostange, cherchait à se modeler sur elle, et trouvait dans son cœur tout ce qu'il fallait pour marcher de près sur ses traces. Elle s'occupait d'Anaïs ; elle sentait, pour la première fois, que, sans le

culte de l'amour, une femme
pouvait être heureuse.

En voyant Marie, en l'écoutant, elle s'indignait contre Eugène d'avoir pu éloigner, un
moment, l'image d'une femme
aussi parfaite. Elle connut, depuis lors seulement, le charme
que peuvent avoir des occupa-
tions utiles; elle convenait que
sa nonchalance, son dégoût
pour les arts qui plaisaient à
son mari, l'auraient un jour
éloigné entièrement d'elle; elle
comprit qu'en partageant ses
goûts, elle aurait fixé son cœur.

« Pourquoi, » lui disait madame de Lostange, « ne vous
» croire que faiblement aimée,
» si un mari ne vous fait l'a-
» bandon de ses plaisirs, de ses
» opinions ? Si vous ne voyez,
» dans celui à qui votre sort est
» lié, qu'un amant, votre em-
» pire s'évanouira dès que votre
» beauté menacera de s'altérer.
» Soyez bien plus que sa maî-
» tresse; méritez d'être son
» amie, et vous serez toujours
» aimée. Pourquoi cesseriez-
» vous de plaire, s'il trouve en
» vous le bonheur? Que sa vo-

» lonté soit la vôtre : non que je
» demande de vous l'obéissance
» d'une esclave à un maître im-
» périeux ; mais qu'il puisse
» croire, en manifestant ce qu'il
» veut, qu'il ne fait que préve-
» nir ce que vous voulez aussi.

» Si quelquefois même vos
» désirs se trouvent froissés, il
» ne doit pas vous être difficile
» d'en faire abnégation, quand,
» par-là, vous assurerez votre
» repos, et que votre récom-
» pense sera l'amour durable et
» éclairé de votre époux.

» S'il a des chagrins, qu'il

» sache bien que vous les senti-
» rez plus vivement que lui-
» même : si vous en avez, indé-
» pendans de sa volonté, effor-
» cez-vous d'en porter le poids
» avec résignation, sans l'en ac-
» cabler aussi. Qu'il ne trouve
» en vous qu'amour et indul-
» gence ! »

— « Ah ! mon aimable Men-
» tor, » s'écria madame de Léhon, « si vous prêchez d'exem-
» ple, les torts de M. de Saint-
» Albe lui seront remis ; et j'ose
» croire qu'il se rendra digne de
» l'ange qu'il possédera. »

— « Remarquez bien, Amé-
» lie, » reprit madame de Lostange, « que je n'ai parlé que
» pour un mari. »

En prononçant ce peu de
mots, elle se leva un peu troublée, et, s'approchant du pia-
no, feuilleta de la musique.
Elle tournait le dos à madame
de Léhon qui, cependant, la vit
porter furtivement son mouchoir
à ses yeux. Anaïs alors appela
sa mère qui, heureuse peut-
être de cacher sa faiblesse, sor-
tit un instant de la chambre;
et Amélie vit distinctement

l'empreinte d'une larme sur le papier qu'elle avait tenu.

Eugène souffrait aussi. L'habitude de voir chaque jour, à chaque instant, madame de Lostange, la certitude de sa tendresse, l'espoir bien fondé de devenir son époux avaient attiédi le sentiment qu'il éprouvait pour elle; mais elle était encore à ses yeux la femme la plus parfaite. Il maudissait les folles idées qui avaient donné lieu à l'établissement de ce Désert au milieu de Paris; il regrettait les jours où, s'impatientant du monde qui entourait Marie, il soupirait après un regard, et s'en allait heureux de l'avoir obtenu.

En ce moment, elle avait repris sa froideur et sa réserve : il ne l'apercevait plus que rarement et jamais seule ; mais il ne retrouvait plus le charme que lui avait fait éprouver, autrefois, un mot arraché à la dérobée. D'ailleurs, ils n'avaient pas eu d'explication ; et Saint-Albe répugnait à parler le premier, dans la situation où il se trouvait. Il savait qu'il était aimé : il savait aussi qu'il était coupable ; mais il prenait le silence plein de dignité de Marie pour une sévérité outrée ; il l'accusait même de caprice et de coquetterie ; et, pour convenir de tous ses torts, il eût voulu qu'elle fît les premiers pas.

Un jour, cependant, il crut voir renaître la plus douce époque de son amour. Le ciel était sombre et pluvieux : le major ne voulait avouer ni son ennui, ni le désir qu'il avait de savoir ce qui se passait au-delà des murs de sa propriété. Son humeur s'exhalait contre le mauvais temps.

Madame Dervilliers, qui lisait dans le cœur de son mari, mais qui savait combien il serait blessé qu'on pût croire qu'il eût changé d'avis, exprima aussi l'impatience que lui causait la pluie, et dit, en souriant, que vraiment le Désert n'était bon que l'été.

« N'avais-je pas raison de » prévoir que l'hiver désenchan- » terait cette solitude, » dit Marie? et, pour la première fois, depuis long-temps, ses yeux s'arrêtèrent sur ceux d'Eugène.

Elle rougit beaucoup, et ajouta, en baissant la voix : « Quant » à la seconde partie de ma pro- » phétie, elle a été bien plus » vite réalisée. » Elle dit ces mots en essayant un sourire ; mais il s'effaça de ses lèvres , et une émotion pénible parut dans tous ses traits.

Eugène saisit sa main : l'accent de madame de Lostange était venu rechercher au fond de son âme des sensations qui s'y renouvelaient, au souvenir qu'elle avait réveillé.

*.

Ce moment aurait pu rapprocher ces deux êtres aimables, et réunir leurs cœurs. De l'indulgence eût amené Eugène à sentir que l'enthousiasme peut se dissiper; mais que l'amour lui survit plus calme et plus durable; qu'il est imprudent et presque toujours dangereux, dans les choses de la vie, de vouloir s'écarter des idées reçues, ainsi que de la conduite tracée par les convenances. Un aveu sincère eût prouvé à Marie qu'elle était préférée, et que de courts instans d'erreur doivent être pardonnés , surtout dans la situation singulière où ils se trouvaient placés.

Saint-Albe soupirait. Marie , troublée , laissait sa main dans la sienne ; ils ne se parlaient point ; cependant ils allaient s'être entendus , lorsque la voix du major les fit sortir brusquement de cet état , plus doux à chacun d'eux , que la conversation la plus animée.

M. Dervilliers , mécontent de ce qu'il s'ennuyait , éleva une discussion sur un sujet indifférent ; Eugène , impatienté , ré--

pondit avec un peu d'aigreur;
et Marie, rappelée par ce ton
d'amertume, aux durs conseils
de la raison et d'une prévoyante
sagesse, se refusa aux insinua-
tions de son cœur.

Le major, malgré les soins
constans de sa femme et les at-
tentions de sa nièce, sentait,
chaque jour, l'ennui s'emparer
de lui avec plus de force : il
cherchait à se dissimuler que
la mauvaise humeur qu'il éprouvait, trouvait sa source dans la
disposition de son esprit, et
dans la vie solitaire qui ne lui

convenait pas du tout. Il accusait sa femme, Marie, madame
de Léhon, Eugène, plutôt que
de revenir sur ses torts, en
convenant de bonne foi qu'il
s'était trompé, et que la société, avec ses travers et ses vices
même, lui était encore nécessaire. Bien loin de là, il décla-
mait, avec plus de chaleur que
jamais, contre la perversité
mondaine, et vouait au blâme
tous ceux qui en étaient infectés.

Le major grondait ; madame
Dervilliers regrettait sa partie
de boston, et se consolait en

songeant que le mécontente-
ment général amènerait un résultat prochain ; Eugène s'ennuyait, devenait maussade,
discutait jusqu'à la dispute avec
M. Dervilliers, n'osait se soustraire à la gêne qu'il ressentait
et à un genre de vie qui lui devenait de jour en jour plus in-
supportable.

Madame de Léhon ne se réu-
nissait plus à la société : Anaïs,
qui n'avait pas de joujoux nouveaux, qui était lasse de l'om-
brelle qu'elle avait portée à l'imi-
tation de Robinson, et qui avait

été mordue par son perroquet, assez fortement pour renoncer à jouer avec lui ; grondée par son grand-oncle qui la trouvait trop bruyante, repoussée par Eugène qui souvent ne pouvait se prêter à ses enfantillages, Anaïs s'ennuyait du Désert, et disait qu'elle voulait retourner voir ses petites amies.

Mais elle revenait près de sa mère qui, toujours patiente et jamais fatiguée de ses jeux, en inventait d'autres, et ramenait le plaisir.

Eugène, retiré dans son ap-

partement, à la fin d'une journée que la pluie, qui n'avait
pas cessé un instant, avait rendue encore plus inoccupée, cal-
culait avec effroi le nombre de
mois qui restaient jusqu'à celui
que madame de Lostange avait
fixé pour se donner à lui. Ac-
cusant Marie de froideur, ne
pensant pas combien l'ennui
qu'il avait laissé paraître avait
dû blesser son cœur, il lui
créait des torts pour se trouver
excusable.

Poursuivant son idée, et s'ir-
ritant seul, il avait fini par se

peindre Marie sous des couleurs désavantageuses : cette réserve qui l'avait enchaînée , ne lui paraissait plus qu'une pruderie calculée ; sa constante douceur ne fut qu'une froide indolence; les efforts même qu'elle avait tentés pour l'éloigner d'elle furent appelés coquetterie ; et, condamnée sans avoir été entendue , madame de Lostange n'avait jamais aimé Eugène.

Tout à coup il s'élança et saisit avidement une lettre qu'il aperçut sur la table. Il l'ouvrit; et ce fut dans la disposition

*

d'esprit la plus favorable aux vues d'Emma, qu'il lut la nouvelle épître qu'elle lui adressait.

Tout ce que la passion peut inspirer de plus entraînant, tout ce qui peut flatter et émouvoir l'amour-propre d'un homme respirait dans cet écrit. C'était par le langage de la tendresse que madame de Sorbelle cherchait à éveiller des idées d'ambition, à ranimer des désirs de gloire. Elle traçait, avec le pinceau de l'enthousiasme, le bonheur que Saint-Albe pouvait goûter au milieu du monde, et soulevait légèrement le voile du ridicule dont le couvrait la vie à laquelle il s'était condamné.

L'attaquant par tous les endroits accessibles de son caractère, employant tour à tour l'arme du raisonnement et celle de la plaisanterie; mais surtout s'abandonnant à tout le délire d'un sentiment dominateur, Emma semblait lire dans les pensées les plus secrettes d'Eugène. L'on eût dit qu'une plume invisible traçait en traits brûlans les mots qui savaient le chemin de son cœur; et qu'une voix mystérieuse répondait victorieusement aux faibles objections que l'embarras de revenir sur ses pas lui fournissait à l'instant même.

Étourdi, subjugué, Saint-Albe, en finissant la lettre, s'écria : « Emma, tu l'emportes. »

Quelque chose de semblable aux remords passa rapidement sur la conscience d'Eugène : il lut une seconde fois la lettre séductrice; elle chassa l'image de Marie ; et le désir de voir madame de Sorbelle embrasa tout son être.

« Quel délice j'éprouverai , »
se disait-il , « à faire renaître
» sur ces lèvres charmantes un
» doux sourire, à mériter cet
» amour si tendre , à obte-
» nir le pardon de mon cruel
» oubli !.. »

Ce mot d'*oubli* ramena encore le souvenir de madame de
Lostange. C'était elle maintenant qui , oubliée, délaissée aurait à se plaindre de son manque de foi. Il n'avait jamais rien
promis à madame de Sorbelle ,
et des sermens réitérés l'en-
chaînaient à Marie. Eugène

pouvait être léger en amour ; mais il n'avait point encore compris que l'on pût manquer à l'honneur.

Lorsque l'époque de remplir ses engagemens sera arrivée, il ouvrira son âme à madame de Lostange : il se croit presque assuré que lui rendre son indépendance sera la satisfaire ; libre alors, il volera solliciter la main d'Emma..... Mais il faut qu'elle soit prévenue ; il faut surtout qu'il la voie, qu'il console cette âme si aimante ; qu'il obtienne qu'elle lui permette d'agir ainsi que son devoir le lui prescrit.

Et comment parvenir à s'éloigner ? Quel est donc le moyen employé par Emma pour lui faire remettre ses lettres? Il relit encore celle qui vient de lui faire prendre des résolutions si opposées à ses volontés précédentes; il la couvre de baisers. Le cachet que la main d'Emma a touché reçoit aussi cet hommage, et il aperçoit dans l'enveloppe quelques lignes qui mettent le comble à son ivresse.

Madame de Sorbelle lui indiquait, dans le voisinage, un petit pavillon qu'elle avait acheté pour être plus rapprochée de lui. Pendant les huit jours qui suivront celui où il aura reçu sa lettre, elle l'y attendra; et, s'il ne pouvait y arriver que la nuit, c'est là qu'il apprendrait le moyen de parvenir jusqu'à elle.

Saint-Albe n'attendra pas plus long-temps que la nuit suivante. Son absence sera ignorée : il lui serait trop difficile d'y trouver des motifs; et décidé à renoncer à madame de

Lostange , il craint encore de l'affliger.

Quelques heures lui suffiront; il reviendra ensuite : et qui sait ce que chaque jour maintenant peut enfanter de nouveau ? L'ennui est peint sur tous les visages ; un mot peut ramener la liberté, ou du moins chaque instant détache un des liens ; et Marie sera peut-être la première à les briser.

Eugène a soupiré ! « Fatal » désert, » dit-il à demi-voix. « O Marie ! que vous étiez ai-» mable !.... Mais est-elle donc

» changée? Non , non , elle n'est
» que trop parfaite !... Ah ! quel
» reproche ! et c'est le seul que
» j'aie à lui faire !..... »

Saint-Albe , revenu à la justice , maudit son fol enthousiasme , et sent que , dans la
vie ordinaire , la douce Marie
lui eût paru un don du ciel.

Le jour surprit Eugène dans
cette agitation : il avait une
sorte de fièvre ; l'idée de revoir
madame de Lostange , au moment où il portait sur son sein
la lettre d'Emma , le troublait
et lui ôtait toute présence d'es-

prit. Ce fut donc avec soulagement qu'il apprit par un domestique que M. et madame
Dervilliers étaient enfermés
avec leur nièce, et que le déjeûner ne se ferait point en
commun.

Chaque heure, en s'écoulant,
paraissait un siècle à l'impatient
Eugène ; cependant il s'effrayait
en les voyant fuir derrière lui.
Cette démarche décisive qu'il
allait faire lui semblait, à chaque moment, plus embarras-
sante. Il n'hésitait pas ; il aurait renversé un obstacle, s'il se

fût présenté ; mais peut-être eût-il voulu en trouver.

Au moment du dîner, même trouble de Saint-Albe ; même solitude : chacun avait fait servir dans son appartement. On apporta de nouveau les excuses du major et de madame de Lostange. Enfin le soir arriva : Eugène qui, depuis long-temps, errait dans les jardins, s'était rapproché du pavillon de Marie. Il l'aperçut donnant la main à sa fille et revenant de chez son oncle. L'enfant courut à lui. « Bonsoir, mon ami, » dit-elle,

« si vous saviez combien je me
» suis ennuyée aujourd'hui !
» J'ai été toute seule. »

— « Il fallait venir me trou-
» ver, Anaïs, nous aurions joué
» ensemble ; car j'ai été bien
» seul aussi, » répondit Saint-
Albe.

— « Oh ! mon bon ami, au-
» trefois j'y serais allée tout de
» suite ; mais depuis que tu t'en-
» nuies ici, tu n'aimes plus
» Anaïs. »

— « Que dis-tu, mon en-
» fant ? moi m'ennuyer ! ne plus
» t'aimer !..... Ah ! Madame , »

ajouta-t-il, en regardant Marie....

— « Les enfans sont quel-
» quefois trop clairvoyans, n'est-
» il pas vrai?.... » interrompit
madame de Lostange.

— « Marie, pouvez - vous
» croire..... »

— « Il fait froid : adieu, M.
» de Saint-Albe. »

Madame de Lostange entra
chez elle en prononçant ces
mots, et la porte se referma.

Eugène resta immobile quelques instans : ce mot *d'adieu*,
l'accent avec lequel Marie l'avait

prononcé, avait retenti dans son cœur, et il aurait donné tout au monde pour oser la rappeler.

Tout était tranquille au Désert : une nuit obscure favorisait les projets de Saint-Albe ; il se disposa donc à s'éloigner. Il relut encore la lettre d'Emma ; et, de nouveau, elle porta le trouble dans son âme. Il gravit le mur à un endroit qu'il avait examiné dans la journée, et qui lui avait paru facile : « Je » reviendrai, » se disait-il, espérant peut-être, par cette pro-

8.

messe faite à lui-même, apaiser le sentiment désapprobateur qui murmurait au fond de son âme : « je reviendrai, » répéta-t-il encore en touchant la terre ; et il s'élança avec rapidité vers l'habitation d'Emma.

En arrivant au pavillon où le rendez-vous était indiqué, son cœur battit avec violence : il frappe, on ouvre ; on le fait entrer dans une petite salle éclairée ; un domestique lui approche un siége, lui présente une lettre et se retire. Il brise le cachet avec empressement,

lit ces mots : « Eugène, je vous
» rends votre liberté..... » Sans
comprendre ce qu'il lit, il par-
court cette lettre une seconde
fois : et trop assuré de la perte
irréparable qu'il vient de faire
par sa faute, il se livre à la
douleur, sans conserver l'espoir
de faire révoquer son arrêt.

« Eugène, je vous rends vo-
» tre liberté. Je n'ai contre vous
» ni colère, ni ressentiment. Je
» vous aimais de la tendresse la
» plus vraie, la plus constante;
» une passion éphémère, ex-
» primée en termes plus brû-

*.

» lans, eût mieux satisfait vo-
» tre cœur.

» Que le jour qui me révéla
» votre changement, que les
» mots qui détruisirent l'illu-
» sion m'eussent été affreux, si
» j'avais cédé à votre empresse-
» ment et que j'eusse été vo-
» tre épouse; si vous aviez re-
» jeté nos liens et qu'il m'eût
» été impossible de les briser!

» De ce moment, mon uni-
» que occupation fut de vous
» donner les moyens de rentrer
» dans ce monde que vous re-
» grettiez; cependant, je vous

» l'avoue, Eugène, j'hésitais
» encore. J'ai cru quelquefois,
» qu'ainsi que Marie, vous sau-
» riez aimer toujours. Pardon-
» nez-moi d'avoir voulu vous
» éprouver. Je savais que vous
» aviez été fort empressé pour
» madame de Sorbelle; j'osai
» compter sur l'amour-propre
» de votre sexe pour m'aider à
» vous abuser. Je me reprochais
» cette tromperie ; je ne l'eusse
» jamais essayée pour mon bon-
» heur : il s'agissait du vôtre,
» je m'y résolus.

» Votre conduite avec une

» jeune imprudente acheva de
» m'éclairer. M'essayer à l'ou-
» bli fut, dès-lors, la dure tâche
» de tous mes jours. Ce n'était
» point encore assez : il fallait
» vous rendre à la société, et
» j'étais sûre que vous souffri-
» riez long-temps sans oser re-
» venir sur un serment prononcé
» avec exaltation.

» Par des moyens dont il est
» inutile de vous instruire, j'a-
» vais conservé une correspon-
» dance avec le médecin au-
» quel j'avais dû votre existen-
» ce. Il sut découvrir M. de

» Léhon ; et ses assurances,
» jointes à mon aveu, ont fini
» par lui persuader qu'Amélie
» n'avait fait que se prêter à une
» épreuve que je voulais tenter ;
» que, par cet important ser-
» vice, elle m'avait fait connaî-
» tre vos sentimens véritables.
» Heureux de pouvoir me croi-
» re, il a embrassé avec trans-
» port cette idée qui, par notre
» séparation, acquiert à ses
» yeux tous les caractères de la
» vérité.

» Mon oncle, dont quelques
» démarches faites par le même

» ami ont rappelé les services,
» vient d'être nommé comman-
» dant de place dans la ville
» de ***. En redevenant utile,
» il a oublié qu'il croyait avoir
» à se plaindre.

» Saint-Albe, puis-je espérer
» que j'obtiendrai de vous une
» dernière marque d'affection ;
» et les offres que vous faisait
» madame de Sorbelle seront-
» elles rejetées parce que Marie
» les aura réalisées ? Vous êtes
» nommé directeur des domai-
» nes à ****. L'image d'Emma
» ne doit point vous retenir.

» Depuis quinze jours elle a
» épousé M. Duval. La place
» que votre mérite, plus que ma
» demande, vous a fait obtenir,
» vous forcera à résider loin de
» Paris; mais vous serez sous le
» beau ciel du midi : là, vous
» oublierez entièrement tout
» ce que vous laissez derrière
» vous. Vous serez heureux ; je
» me féliciterai de votre bon-
» heur.

   » Eugène, pour le pardon de
» tout le mal que vous m'avez
» fait, je vous demande de par-
» tir sans chercher à me revoir.

» Que pourrez-vous me dire?
» Vous ne sauriez plus me per-
» suader, et je souffrirais de
» vous entendre.

   » Demain, les murs s'abais-
» seront ; demain, les grilles
» seront rouvertes : mon oncle,
» ma tante s'éloigneront; M.
» et madame de Léhon se
» retrouveront plus heureux
» et corrigés par l'expérience.
» Que ce même jour vous voie
» quitter Paris! c'est la seule
» prière que je vous adresse :
» j'aurais peut-être le droit de
» l'exiger.

» Pour moi, je reste ici :
» la retraite n'a rien qui m'ef-
» fraie ; partout ne trouve-t-on
» pas les mêmes travers, les
» mêmes erreurs ? La paix,
» l'union, l'amour devaient ré-
» gner au Désert ; l'intrigue,
» les querelles, l'envie, la mé-
» disance devaient en être éloi-
» gnées. En bien peu de mois,
» nous avons vu que toute
» cette perfection de la soli-
» tude n'était que chimère. Je
» ne renonce point au monde;
» cependant je m'en rappro-
» cherai peu.

» Vous avez tous fui le » Désert ; Marie y reste seu-
» le... »

F I N.